清华大学美术学院 2005
Academy of Arts & Design, Tsinghua University

本科招生专业考试 2005

设计基础与创作

试卷评析

清华大学美术学院·教务办公室·基础教研室·编

辽宁美术出版社

清华大学美术学院·教务办公室·基础教研室·编

整体设计：张洪海

ACADEMY OF ARTS & DESIGN, TSINGHUA UNIVERSITY
SHI JUAN PING XI

图书在版编目（CIP）数据

清华大学美术学院2005试卷评析．设计基础与创作/
清华大学美术学院教务办公室，清华大学美术学院基
础教研室编．－沈阳：辽宁美术出版社，2005.8
（全国高等美术学院2005年优秀试卷评析丛书）
ISBN 7-5314-3394-X

Ⅰ.清... Ⅱ.①清...②清... Ⅲ.艺术－设计－高等
学校－入学考试－自学参考资料 Ⅳ.J

中国版本图书馆CIP数据核字（2005）第069490号

出 版 者：辽宁美术出版社
          （地址：沈阳市和平区民族北街29号 邮编：110001）
印 刷 者：辽宁印刷集团美术印刷厂
发 行 者：辽宁美术出版社
开   本：889mm × 1194mm 1/16
印   张：3
字   数：5千字
印   数：1-5000册
出版时间：2005年8月第1版
印刷时间：2005年8月第1次印刷
责任编辑：刘巍巍
责任校对：张亚迪

定   价：19.00元

邮购电话：024-23414948
E-mail：lm1945@yahoo.com
http://www.lnpgc.com.cn

如有缺页倒装，本社负责退换

清华大学美术学院新教学楼

清华大学美术学院的前身是创建于1956年的中央工艺美术学院，学科结构完整，师资力量雄厚，教学、科研条件完备，在国内外享有盛誉。现设有艺术设计、美术和艺术史论3个分部，9个系和24个本科专业方向。设计艺术学和美术学均具有硕士、博士学位授予权，2002年设计艺术学被教育部评为国家级重点学科。

学院拥有一批著名的艺术教育家、艺术家和学者。目前共有教师194人，其中教授51人（博士生导师18人），副教授84人。

学院先后与国外十几所著名艺术院校建立了校际友好关系，曾邀请欧洲、美洲、澳洲、亚洲等二十几个国家的著名艺术设计专家、美术家、教授和学者来我院讲学，授予或聘请国内外艺术领域的三十几位著名的专家和学者为我院的名誉或客座教授。

学院设有"平山郁夫奖学金"、"枫华奖学金"、"张光宇艺术奖"、"吕斯百艺术设计教育奖励基金"及教师奖励基金，激励全院师生勇攀艺术高峰。对生活困难的学生，学院实行助学金、贷学金、勤工助学制度。从2000年学院开始实行优秀本科毕业生免试推荐攻读硕士研究生制度。

学院历届毕业生，受到了社会的普遍欢迎。在国家机关、新闻出版、高等院校、文化艺术团体、研究院（所）和相关企事业单位的工作岗位上，为祖国的经济建设和精神文明建设，为繁荣和发展我国的艺术设计和美术事业做出了重要的贡献。

清华大学美术学院在清华大学建设世界一流大学的战略思想指导下，秉承"自强不息，厚德载物"的校训，为建设具有鲜明特色的国际一流美术学院而不懈努力。

2005 年本科招生综述

1.招生专业方向和招生人数

招生专业	专业方向	所属分部	所属系	招生人数
艺术设计 050408	染织艺术设计 服装艺术设计 陶瓷艺术 陶瓷设计 平面设计 广告设计 影像艺术 室内设计 景观设计 产品设计 展示设计 信息设计 交通工具造型设计	艺术设计分部	染织服装艺术设计系 陶瓷艺术设计系 装潢艺术设计系 环境艺术设计系 工业设计系	165
造型艺术 050404	中国画 油画 版画 壁画与公共艺术 雕塑 金属艺术 漆艺 玻璃艺术 纤维艺术	美术分部	绘画系 雕塑系 工艺美术系	60
艺术设计学 050407	艺术设计史论 美术史论	艺术史论分部	艺术史论系	15

2.各专业考试科目

考试科目	色彩	写作	素描	速写	设计基础	创作	文艺常识
考试时间	3 小时	3 小时	3 小时	1 小时	3 小时	3 小时	2 小时
报考专业	艺术设计 造型艺术	艺术设计学	艺术设计 造型艺术 艺术设计学	艺术设计 造型艺术	艺术设计	造型艺术	艺术设计学

3.专业考试要旨

素　描：旨在测试考生对造型的审美感受、观察方法、理解能力和艺术表现能力。

色　彩：旨在测试考生对色彩基本知识的掌握程
（水 粉）度、色彩感觉的敏锐程度、色彩关系的把握和艺术表现能力。

速　写：旨在测试考生对所描绘对象的观察能力
（包括默写）和概括、记忆、准确表达能力。

设计基础：旨在测试考生对日常生活的观察、审美和创新能力，考查考生对艺术设计范畴内的基本知识与表现技能的掌握程度。

创　作：旨在测试考生绘画创作的构思能力和艺术表现能力。

文艺常识：旨在测试考生的文学和艺术基本知识和素养。

写　作：旨在测试考生的写作水平。

4.录取原则：

（1）北京地区录取比例为我院招生总数的20%，其他各省市统一排队择优录取，但每个省（直辖市）录取人数不得超过我院招生总数的20%。

（2）艺术设计和造型艺术专业：凡专业入围、第一志愿报考我院、政治思想品德考核及体检情况符合要求的考生，文化课总成绩达到我院划定的最低分数线，语文和外语的单科分数达到我院的要求后，按照专业课成绩与文化课成绩相加的总分，在报考专业内排序，从高分到低分择优录取。

对于第一志愿报考我院且专业成绩位于艺术设计专业全国排名前30名者，或位于造型艺术专业全国排名前15名者，其文化课成绩（含语文和外语的单科成绩）达到我院规定的最低分数线即可被录取。文化课成绩未达到最低分数线者，可于当年9月20日之前以书面的形式向我院提出"保留专业成绩一年"的申请。

（3）艺术设计学专业：凡专业入围、第一志愿报考我院、政治思想品德考核及体检情况符合要求的考生，按照文化课成绩从高分到低分择优录取。其中语文单科分数线为100分，外语单科分数线为90分。

5. 2003—2005年各专业录取分数

２００３年录取分数情况

招生专业			专业课成绩	文化课成绩	总成绩
北京	艺术设计	最高分	640	529	1152
		最低分	581	410	1050
	造型艺术	最高分	648	469	1078
		最低分	587	350	974
外埠	艺术设计	最高分	638	565	1181
		最低分	599	427	1054
	造型艺术	最高分	647	512	1125
		最低分	609	367	987

注：1. 计划招生总数为240名，其中艺术设计专业165名；造型艺术专业60名；艺术设计学专业15名。

　　2. 三个招生专业北京划定25%左右的名额，对全国其他省、直辖市无招生名额限制。

　　3. 不包括被录取的"艺术设计专业前30名、造型艺术专业前15名"的分数。

２００４年录取分数情况

招生专业			专业课成绩	文化课成绩	总成绩
全国	艺术设计	最高分	591.5	624	1193.5
		最低分	506	455	1034.5
	造型艺术	最高分	585	556	1107
		最低分	506	403	975
	艺术设计学	最高分		639	
		最低分		528	

注：1. 计划招生总数为240名，其中艺术设计专业165名；造型艺术专业60名；艺术设计学专业15名。

　　2. 三个招生专业对全国所有省、直辖市无招生名额限制。

　　3. 不包括被录取的"艺术设计专业前30名、造型艺术专业前15名"的分数。

２００５年录取分数情况

招生专业			专业课成绩	文化课成绩	总成绩
北京	艺术设计	最高分	552.5	552	1104.5
		最低分	465	406	925
	造型艺术	最高分	580	452	994
		最低分	485	350	862.5
	艺术设计学	最高分		549	
		最低分		536	
外埠	艺术设计	最高分	552.5	578	1105
		最低分	495	449	977
	造型艺术	最高分	575	535	1079
		最低分	525	354	909.5
	艺术设计学	最高分		627	
		最低分		575	

注：1. 北京地区录取比例为我院招生总数的20%，其他各省市统一排队择优录取，但每个省（直辖市）录取人数不得超过我院招生总数的20%。

　　2. 以上分数不包括被录取的"艺术设计专业前30名、造型艺术专业前15名"者及被录取的"冬令营"和"2005年保留专业成绩"者。

考试科目：素描（满分：200 分）

题目：人物头像写生
内容：戴帽子的女青年（模特儿眼睛平视）
时间：3 小时
工具：铅笔或炭笔
要求：1. 写实画法、形象生动、造型准确、结构
严谨、刻画充分、整体感强。
2. 在印有准考号的一面作画并竖式使用试
卷纸。
3. 每 25 分钟模特儿休息 5 分钟。
注：报考艺术设计学专业的素描考试满分为100分。

考试科目：设计基础（满分：200 分）

题目：以"奥运"为题，选择"衣、食、住、行、
用"中任一领域中的人与人、人与物、物与
物之间的关系进行设计表现。
时间：3 小时
要求：1. 创意新颖，人、物造型具体、生动，画
面意图表达准确，构图完整。
2. 绘制彩色画面一幅，风格、方法不限。
3. 画面尺寸：25cm（长）× 20cm（高）。
4. 在印有准考号的一面作画。

考试科目：速写（满分：150 分）

题目：人物（女青年）速写
内容：1. 坐椅看报：（见照片）15 分钟
2. 扶椅蹲姿：（见照片）15 分钟
3. 蹬椅托腮：（见照片）15 分钟
时间：1 小时
要求：1. 三个内容都画在印有准考号的一面。
2. 每更换一动作间隔 5 分钟。
3. 比例正确，形象生动，构图完整，塑造
力强。

考试科目：创作（满分：200 分）

题目：我爱家园
时间：3 小时
要求：1. 以绘画形式表现，画面尺寸自定。
2. 不准用油画颜料。
3. 准确把握创作主题。
4. 构思巧妙、造型准确、情节生动、色彩
协调、构图完整。
5. 在印有准考号的一面作画。

考试科目：色彩（满分：200 分）

题目：静物写生
内容：一块白色衬布、一块灰色衬布，放有一
张报纸，中背景放置半瓶红茶，前景透明玻
璃杯中有半杯红茶，一副透明眼镜，两个苹
果（一黄一红），右侧有一不锈钢盘子，内
放三块方形面包片，一个橙子。
时间：3 小时
材料：水粉或水彩
要求：1. 在印有准考号的一面作画。
2. 写实画法、构图完整、造型准确、色彩
协调、色调统一、注重空间和质感的表
现。

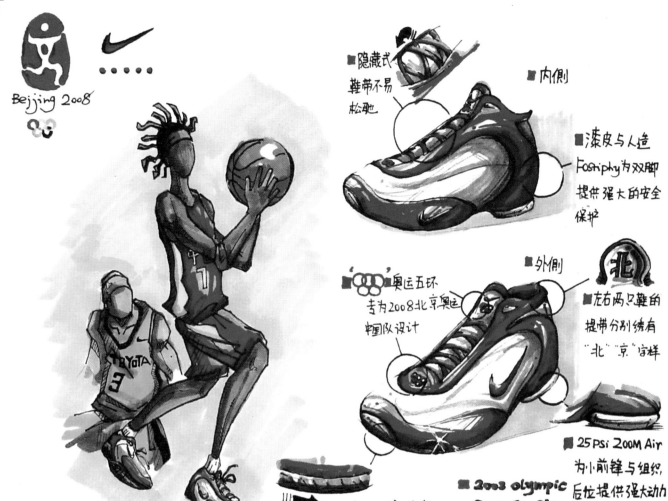

Beijing 2008

■隐藏式
鞋带不易
松驰

■内侧

■漆皮与人造
Fosriphy为双脚
提供强大的安全
保护

'五'奥运五环
专为2008北京奥运
中国队设计

■外侧

■北

■左右两只鞋的
提带分别绣有
"北""京"字样

■25 psi 200M Air
为小前锋与组织
后位提供强大动

■2003 olympic
Zoom Air China

■人字形大底适合
各种天气场地的
打球

这是一幅以运动鞋推广为题的创作，把介绍运动鞋新设计、新功能作为主要表现内容。用图解的方式作为表现形式，具有一定的独特性。造型准确，色调明快，表现比较充分。但构图较散，布局过平，形象之间缺乏主次关系，画面左右缺少呼应。

这幅作品巧妙地将奥运五环与自行车轮进行了同构，并用夸张的手法强化了五环的视觉效果，通过人物之间的呼应关系，画面具有一定的生活气息，构图利用了透视关系营造了动感。缺点是五环和人物的表现手法不统一，五环过强，人物过弱，使画面视觉效果不够完整。

画面以国旗、火炬和舞动的人物的组合，表现了人们对"2008奥运会"的热情和期盼。画面人物表现采用了卡通手法，动态生动，相互呼应。国旗中的五星应位置准确、形象完整，由于底色过脏过暗，影响了画面的整体效果。

这幅作品画面分割成三部分，利用电插头与其他形象的同构组合，以象征的手法表现了人与奥运的关系，造型准确，表现充分，画面效果完整。缺点是在形与形的组合方面不够恰当，尤其眼睛与电插头的组合使人感觉不太舒服。

用五种球组合成五环形，每个球上都有一个漫画运动人物，反映出人与奥运和体育的关系，整幅画面新奇有趣，表现手法轻松。但作为投影的"NO.1"造型处理得比较生硬，底色过于单调暗淡，与前景形象之间缺乏呼应。

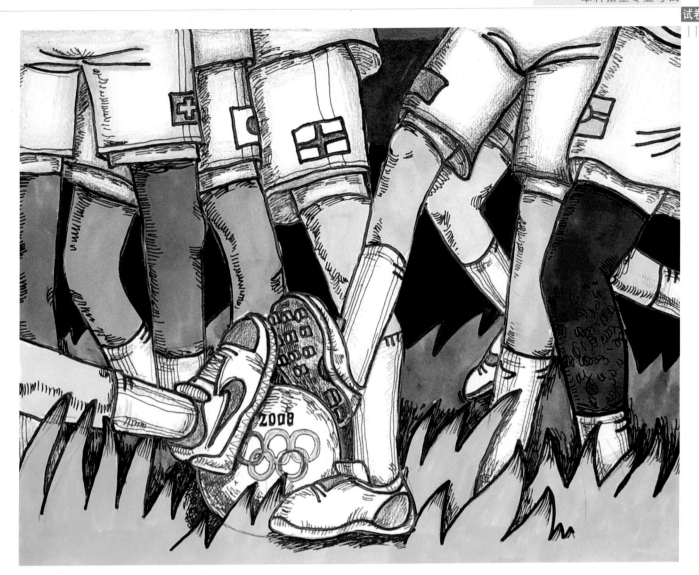

这幅作品采用了电影中特写镜头的手法，通过一群不同国家、不同肤色的运动员踢球的场面，象征性地表现了全世界人民共同参与奥运的热情和公平竞争的奥运精神，构图饱满，色调明快。但在腿的造型方面和形与形的组合关系上处理得不太讲究，使画面显得有些杂乱。

作品通过东西方古建筑局部、雅典橄榄枝和中国狮的对比组合，象征性地表现了奥运火炬从雅典传递至北京的寓意。绘制采用了版画手法，表现风格粗犷醒目，色彩浓郁。但作者没有充分理解题目，因此在表现人与奥运的关系上显得较弱，构图略显拥挤。

运动的人形构成了奥运五环，既象征了奥运与体育运动的关系，也表现了人与奥运的关系，三个主要人物形象穿插于五环之间，增加了画面的生动感，也丰富了画面层次。由于为了组成特定的形状，人物造型夸张得过于瘦长，影响了美感；色彩处理比较弱，添加的画面外框线显得喧宾夺主，减弱了画面的视觉效果。

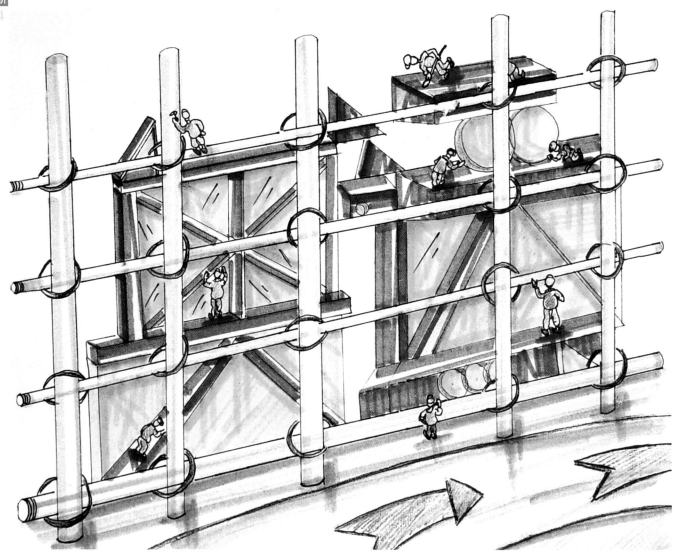

作品用工人建造大型"奥运"字广告牌场面为画面主体，构思另辟蹊径，巨型的脚手架和在脚手架上敲敲打打的工人，烘托出人们迎接奥运的气氛。由于脚手架和"奥运"字样重叠过多，加上表现不够充分，使画面层次不够清晰；右下角的箭头破坏了画面的整体效果。

Welcome

to BeiJing

2008

用富于想象的手法将直升飞机、广告牌、
奥运五环和列车等形象巧妙地进行组合，画面
构图饱满，表现形式轻松，色调清新自然。缺
点是五环和列车的组合有些牵强，列车车尾处
理欠佳。

画面中两个身着民族服装的人物和手中由元宵、糖葫芦组成的奥运五环，加上背景中的大红灯笼，强烈的色彩效果和富有民族特色的形象，渲染出浓浓的欢庆气氛。但由于背景的红色和前景的红色缺乏差异，使画面缺乏层次感。

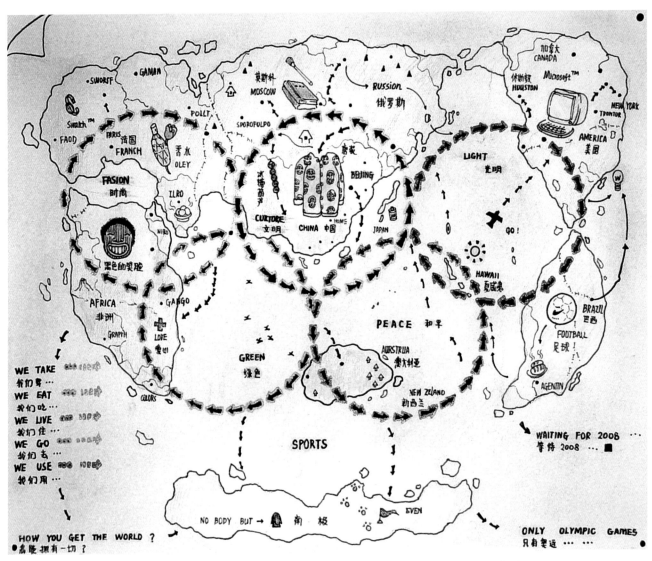

这幅作品构思很有特点，作者选择了世界地图作为画面的主要形象，用箭头组成五环图形，将五环放置在地图相应的位置，并赋予不同含义，使画面内容丰富耐看。但由于细节过多，使主题不明确，视觉效果不够强烈。

画面选取了体育赛场上运动员互相鼓劲儿的瞬间镜头，表现了人们对奥运的投入和热情，画面形式感很强，构图具有向心力，视觉效果较强。但球拍的造型过于概念化，球拍与手的表现手法不统一，衔接处过于生硬。

枝叶茂盛的植物衬托出了五环图形，五环中各类不同的形象表现了人与奥运的关系，画面中植物形态丰富，层次清晰，色调和谐。而五环中的形象则表现欠佳，尤其2008奥运会徽的造型极不准确，影响了作品的整体效果。

　　作品用图形同构的手法将多形合一，烛泪流出的"2008"字样与五环共同点出了奥运主题，形象塑造有独特性，构图完整。但由于形象过于固化，画面缺乏生动感；扣题不准，没有充分表现出人与奥运的关系。

这幅作品将计算机形象与五环形进行了有趣的同构，整个画面充分反映出网络时代人与奥运的关系，人物与"Beijing 2008"的巧妙组合，使文字成为画面中有机组成部分，表现手法轻松自如，视觉效果具有时尚感。由于画面中形象众多，画面层次显得不够清晰。

作品将奥运比喻为一顿丰盛的快餐，汉堡里的肉饼和纸袋中的薯条都变成了代表各类体育项目的道具。富有想像力的创意和表现手法，使作品有着较强的趣味性和亲和力。但汉堡中夹的形象显得有些杂乱无章。

画面主体是几个在巨型红色体恤衫映衬下运动的人物，人物造型准确，构图适中，视觉效果比较完整。但人物的动态过于概念化，相互之间没有呼应关系，使作品整体缺乏生动感，显得过于呆板。

这是一幅具有时装效果图风格的作品，画面中人物身着时装，装饰物皆包含五环特征，引申出人与奥运的关系。表现手法丰富细腻，色调柔和华丽。由于人物造型过于夸张，四肢与躯干比例失调，影响了整幅作品的表现力。

　　奥运五环和各类运动项目中的人物构成了画面的主体形象，体现了人与奥运的关系。作品中人物造型严谨，动态生动，与五环的组合关系也比较自然。由于表现手法单一，色彩关系不鲜明，视觉效果略显纤弱。

手执用同构手法结成的五环形彩带铅笔，写出"Beijing 2008"的字样，作品用象征性的表现形式体现出人与奥运的关系。画面中主体形象突出，造型独特，刻画细腻，色彩丰富协调。但五环形的编结不够自然，略显刻意。

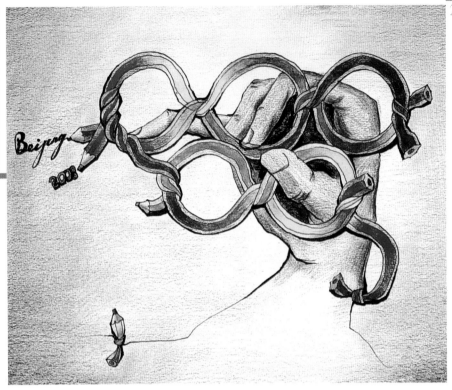

一群来自世界各地的人们搭乘彩虹路上的五环列车，欢聚在2008年飘扬着五星红旗的北京，形象生动，气氛热烈，表现了奥运带给人们的欢乐。但包括人物在内的形象塑造不够讲究，构图也显得拥挤繁乱。

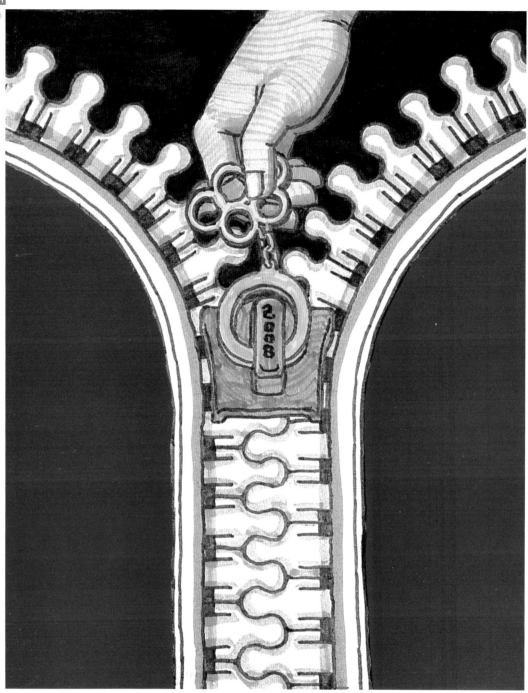

作品运用具有象征意味的图形同构方法将拉锁和人形进行了同构，每个拉锁齿都是一个人形，通过拉锁的开合表现人与人之间的依存关系，拉锁扣上的五环和2008字样点出了奥运的主题。造型准确，结构严谨，色调明快。借用拉锁的表现形式比较多见，原创性略显不足。

作品表现了街头儿童观看吹糖人的场景，通过吹制的申奥标志、2008和儿童手中带五环色彩的糖葫芦，体现了人与奥运的关系。取材具有亲和力，表现手法细腻，色彩和谐。人物造型和景物描绘不够理想。

画面中一座奇特的螺旋式塔形建筑，向着建筑顶端代表奥运的火炬奔跑的人群，一路上经过北京许多名胜。作品构思新奇独特，表现风格有特色。由于画面中细节繁多，色彩过淡，视觉效果比较弱；人物的造型太概念化。

四个身穿中国民族服装的娃娃簇拥着五环，表现出人们对奥运的期盼。作品具有民间风格的构图形式和表现手法，增加了画面的感染力。人物形象的轮廓线过粗过实，色彩不够鲜明，影响了画面的整体效果。

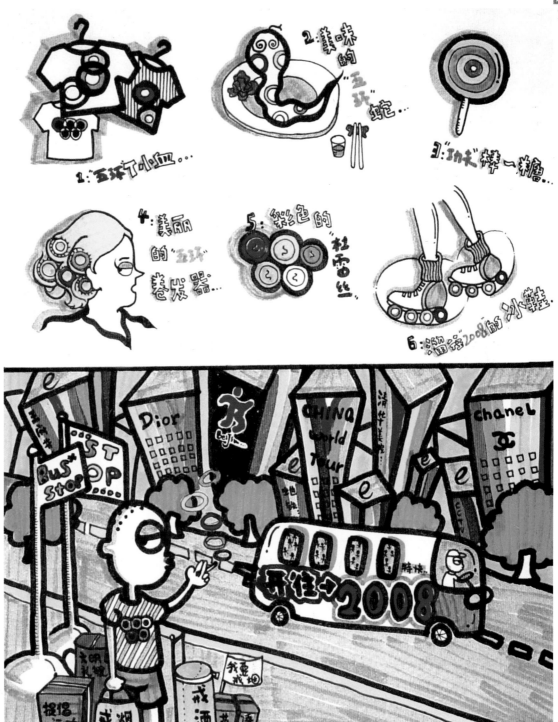

画面分上下两部分：上半部是种种带有奥运五环印记的商品；下半部是处于奥运氛围中的人。整幅作品体现出奥运对人们生活方方面面的影响。创意新颖，表现风格独特，色彩亮丽。画面上下两部分应有所呼应；下半部因表现要素繁多，层次感较差。

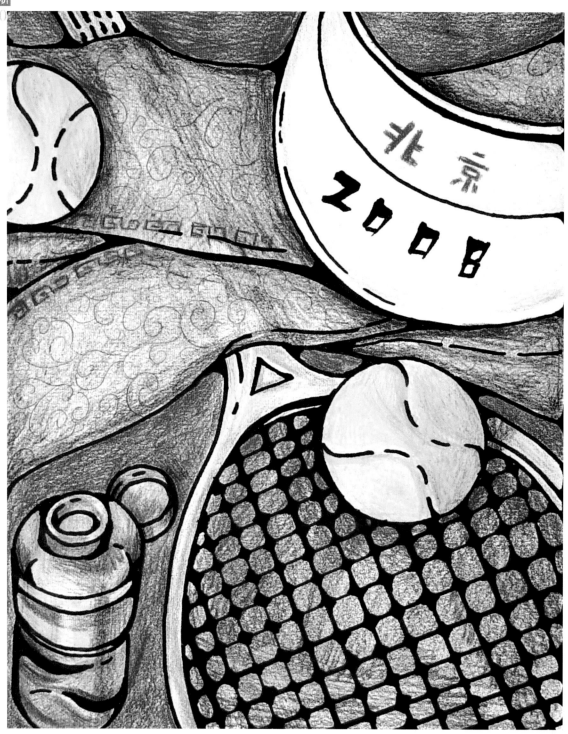

作品选择网球运动员比赛中的用品，用借喻的手法来表现人与奥运的关系，构思有特点，画面形象造型准确、构图饱满、表现充分。由于采用了特写式取景，有些物象过于局部，影响了识别性，色调显得比较沉闷。

作品选择百姓街头晨练场景，通过人物之间的互动关系，表现了奥运在大众心目中的影响力。作品中的情节生动幽默，表现夸张，具有亲和力。但画面中包括人物在内的形象布局比较乱，构图也不够完整，色调不明快。

作品运用了版画的表现风格，色彩丰富，色调和谐。但主题不明确，人物造型不够讲究，与其他形象缺乏呼应。

　　小广告是破坏城市环境的一大丑恶现象。创作描绘三个正在清除小广告的年轻人，较好地表达了"我爱家园"的主题。构图完整，匀称，人物形态准确，虽然作者也采用了"画背影"的取巧办法，形象也有些呆板，但对细节和人物关系表达的充实，弥补了这一不足，再加上画面色彩语言表现的力度，画面呈现出完整的艺术效果。

　　画面给人第一印象是构图丰满，形象浑厚，色彩辉煌，特别是画面中"我"的形象刻画准确生动，并与其他景物构成了和谐统一的关系，收获的农作物被金色的夕阳笼罩，增强了色彩的表现力和空间感。但近处箩筐与画架关系不当，并且与收获的情节内容不符。

浓郁的生活气息和鲜明的造型语言，给人以强烈的感染力，中心式的圆形构图，画面中猪的形象较细腻。准确地刻画，人物动态概括有力的描绘，远处"福"字与灯笼对节日气氛的表现以及与猪血红色的呼应，大面积黑色的运用构成了画面独特的艺术语言特征。

画面中行走的老人路遇两位年轻人的情节
有些偏离主题，构思模糊不清。构图中黑白衬托
法的运用，黑白节奏变化的把握，以及色彩搭配
中大面积含灰色与小面积鲜明色的对比运用，
都表现出作者对绘画语言的把握能力。老人的
形态与年轻人形象的刻画较差，反映出学生造
型能力的欠缺。

在深色底子上，用白色粉笔进行描绘，有特殊的效果，这幅作品运用三联画的方式，构图饱满，人物形象浑厚，环境表达充实，并注意点与线的组合所形成的秩序，只是画面稍显零乱，情节交待不够明确。

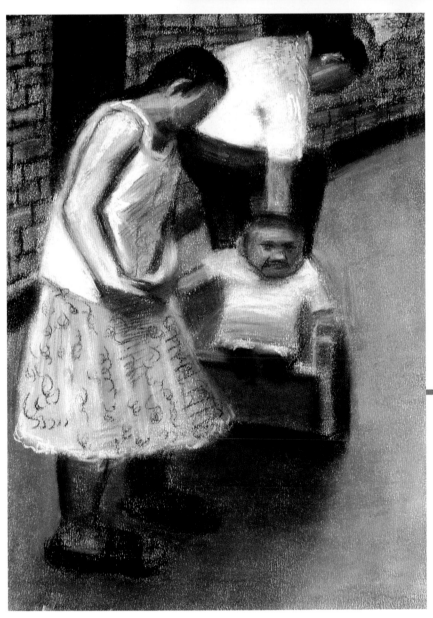

考题中没有明确界定绘画材料，有不少试卷采用单色素描的方式作画，同样取得很好的艺术效果，这幅试卷就是一个例子，构图简洁，人物形象概括，特别是画面中黑、白、灰的处理，层次分明，富于力度与韵律感，表现出作者对黑白语言方式的驾驭和很好的艺术素养。不足的是处于画面中央小孩子的形象刻画不到位，使画面的效果受到一定影响。

　　竖式构图，突出了画面的主体人物和马车、帐篷等，蓝天白云和绿色草原的描绘，表现出景色的美丽动人，空间的深远表现出草原的辽阔。主体形象集中、概括，人物关系准确和谐，阳光感的表达更增强了画面的艺术魅力。

　　地与墙面黄灰色大面积的衬托，使白色的
鸡群与台阶十分鲜明突出，台阶上光屁股的小
孩子与院内周围道具的描绘，增强了农村生活
的气息。小鸡的鲜黄色与地与墙面的黄色的纯
度变化使单纯的色彩丰富了。白色鸡的生动刻
画也使画面生机盎然。

雪地上人物的投影与大面积暖灰色的运用表现出冬日阳光的温暖,画面色调和谐统一,色彩透明,层次清晰。中心人物突出,但形象刻画简单平板,远处树木与房屋的描绘概念,缺乏说服力,大大削弱了画面的表现力。

同样是沿着雪地小路远去担水桶人的背影,由于形象刻画的细微、准确,有着较好的真实感。画面色彩虽然不够统一和谐,有些简单,却较好地表现了画面的空间和阳光感。同样的缺点是树木与房屋的描绘概念,缺乏说服力。

　　农家院中驴推磨的情景十分动人，院中的磨盘、水缸、农舍以及墙上的辣椒，对联，窗花等细节的表现增强了特定环境的"典型性"。在色彩、冷与暖，纯与灰，深与浅的把握上表现出作者很好的控制力。老人与小孩形态刻画的"漫画式"倾向，与画面不够谐调。

装饰性的表现手法，平面化的人物形象，归纳色彩的处理，画面中空白的运用等，构成了画面特殊的艺术效果。这说明了作者对装饰艺术语言驾驭的能力，也说明任何一种表现形式，只要做到位都可以取得好的艺术效果。

　　在野外放风筝是一件很令人神往的事情,作者抓住放风筝女青年跑动的瞬间,较好表达了人物陶醉于自然的情绪,人物动态生动准确。画面的构图与色彩处理简单,地面与动态的表现,缺乏色彩修养和生活依据,是导致概念的主要原因。

　　构图别致是这幅作品的独到之处,平开的门在画面中央,门栓、门槛、鸡和院外的景物十分突出,并准确地说明了"家园"的特定环境,鸡和小鸡的亲密细致描绘,远处树林的生动刻画既表现了空间,也增强"画面"的情趣,使画面达到近乎完美的境地。

"构图完整、造型准确，色彩协调……"是创作考试的基本要求，这幅画追求完整，特别是人物与环境关系的处理达到较好的状态，运用透视与色彩关系说明了空间，画面气氛的和谐统一。人物形象细部刻画与色彩力度表达的欠缺，是画面的不足。

　　月光下一家人背影的描绘高低错落，方圆穿插，使画面具有强烈的形式感，色彩的大胆处理更增强了画面的艺术效果，统一中有对比，色度的接近对色彩的变化提供了更大的可能性，人物形象概括、鲜明。水彩材料掌握与笔触的运用娴熟。

　　田间收割水稻的三人组合，构图饱满，人物突出，动态生动，明快的黄色调表现了空气的清新与阳光的灿烂，也表达了劳动者愉快的心情，如对男人的形体刻画再准确和讲究，地平线部分的景物再简洁一些，画面的效果会更好。

对称式的构图加强了画面的稳定感，中心举风筝的人物十分突出，并与远处三个放风筝的人遥相呼应，增强了画面的空间感，方与圆，大与小，虚与实等说明了作者大胆运用造型艺术语言中对比的手法。中心人物外形过于简单，而且放风筝的地点选择也很不恰当。

画面构图完整，房子、小巷与人物都统一在暖褐色的色调之中，表现出作者较强的色彩语言的驾驭能力。画面中黑、白、灰的组合层次鲜明。遗憾的是人物形象刻画较弱，动态也不够准确，从而削弱了画面的艺术表现力。